紫の空

装幀　徳井伸哉

紫の空　◎　目　次

紫の空

1　崖地

トタン屋根に覆われた長い渡り廊下のスロープを、わたしは車椅子に乗せられて下っていた。
五月の陽射しを浴びて、中庭に生い茂る緑が目に飛びこむや、車椅子はくるりと向きを変えて重い扉のむこうの暗闇に吸いこまれた。そこは診療棟の裏口で、上階の検査室へとつながるエレベーターホールらしい。
いま見たあの雑草のきらめき、一葉一葉の葉脈までが、わたしの目の奥に鮮明に残っている。
その春、日本で三番目に古いという横浜郊外の精神医療センターに入院した。芹の名を冠した病院の名前は、土地の地名からとったもので、きっと昔から芹の群生地だったのだろうと思っていた。だが、ちがった。地名の由来は崖地を意味する。それほどに深い山と谷を切りひらいて建てた病院だ。構内には樹齢何百年という大木が、鬱蒼と立ちならんでいた。

初診に訪れた二月の雨の日。暗い玄関から廊下へと診察を待つ人々の姿があった。うずくまる人、しゃべりつづける人、立ってはすわり、また立って、ふらふらと歩きまわる人。やがてわたしの名前が呼ばれ、医師との面談がはじまる。これはなんの茶番か？　夢のなかなのか？

つぎの診察の日、うしろの小高い丘の上に建つ入院棟へ連れていかれる。瞳の大きい一人の看護師が、ゆっくりと膝をかがめてこちらに近づき、「一緒にがんばりましょう」とささやいた。

家では食事も水もとれず、薬は飲まずに捨てていた。その日、わたしが収容された場所は、救急病棟だった。

病室のドアの曇りガラスに大勢の人影が通りすぎるのを、ひがなぼんやりと見ていた。滑車に引かれるみたいにすーっと横ぎっていくのだが、ときおりそのガラス越しに二つの目玉がはりついて、こちらを見ている気がした。

隙間風で鳴る病舎、太鼓がわりに枕を叩く音、動く人形のように廊下を滑っていく人たち。そんなものに、だまされるものか。これではまるで、大がかりな芝居のセットじゃないか。わたしは病院の食事を一切とらず、薬を靴下にしのばせてトイレに流す。

二十四時間ノンストップの点滴静注で、腫れあがった両腕や手の甲には、もうどこにも針をさすところがない。数人の研修医が、パタパタとやってきた。

「なぜゴハンをたべないのですか」

医師たちがベッドを取りかこみ、交互にたずねた。

「なぜわたしはゴハンがたべられないのですか」

わたしは、そうたずね返した。

その日から鼻に長いチューブが挿入されて、栄養と薬を流しこむことになった。

2 蛍

個室の大きなガラス窓いっぱいに、樹々の緑がひろがっている。窓のすぐそばには西洋タンポポの花が鉄格子にからまり、なだれこむように咲いている。
スタンドに吊るされた液剤のパックから、雫が休みなく落ちてくる。そのむこうに目をやると、外の高い木の枝に、夕方いつも一羽の鳥がきて止まるのに気づいた。
ある日、そこへもう一羽の鳥がやってきた。二羽の鳥はぴたりと寄りそって、夕べの空に黒いシルエットをえがいたまま、身じろぎひとつしなかった。
入院棟と診療棟の車椅子での往復が、ゆいいつ外気に触れられる時間だった。古い建物同士をつなぐ荒れた庭の、一瞬の光と匂いで、季節の変化を知ることができた。
やがて、五月が終わろうとしている。

一九八五年の六月五日、わたしは東京の産院でワタルを生んだ。それから二週間ほど入院していたのだった。初夏の風は少し湿り気を帯び、街路樹がいっきに燃えたつ前の、やわらかな翳りを孕んでいた。

生まれたばかりの赤ん坊をはじめて腕に抱いたときのことは、いまも忘れない。尖った頭の黒々とした旋毛のうねりに、まず目をみはった。そしてつぎに、産着にくるまれた小さな握りこぶしの先の爪を、わたしは思わず見つめた。爪のかたちが自分のものと相似形だったからだ。

それはなにか怖れにも近い、心がふるえるような喜びだった。

生涯に二度、「蛍」を見たと思っている。
はじめて見たのは、父が逝った年のことだから、いまから二十五年も前になる。四十九日忌を終えたばかりの七月のある日、吉祥寺に住んでいた母と祖母を誘い、調布のはずれにある野川公園へ行ったのだ。
けれど、国分寺崖線から流れでた湧水路一帯に飛びかうという蛍の群舞を、その日ほんとうにこの目で見たかどうかは、じつは疑わしい。
父のあとに残されたその母（祖母）と妻（母）と娘（わたし）の三人が、四歳の子をかこむようにして、広大な園内の小道をえんえんと歩いていた、その光景だけがはっきりと蘇ってくる。日が暮れてあたりがすっかり暗くなっても、小さな子はおびえもせず、ただ黙ってわたしたちのあとをついてきた。
二度目にそれを見たのは、ワタルが中学生のときだ。いまの家からほど近い金沢自然公園へ向かう道脇の水路で、数頭の蛍がかよわい光を明滅させているのを、母子ふたり、たしかに見たのだ。この日の記憶は、彼の脳裡にありありと刻まれていたことをあとになって知った。
彼の友人が、金沢文庫の蛍の話を聞いたという。それでは、野川沿いの小道を歩きつづけた四歳のワタルは、はたしてあの日のことを憶えていたのだろうか。おじいちゃんと会えなくなった夏、あの子は蛍を見たのだろうか。

3　GOLDEN AGE

箱根の彫刻の森美術館で、メダルド・ロッソのある作品に目を奪われた。一瞬、溶岩の大きな塊のように見えたのは、二つならんでいる人間の顔なのだが、幼児の頬にぴたりと寄せた母親の横顔は、ブロンズが溶けたようにゆがみ、それと見分けがつかない。わが子の首筋を抱く細長い指だけが、くっきりと造形されている。

一方、幼児は男の子で、弾けるような無垢の笑みをうかべている。

作品の名は「GOLDEN AGE」。

あれは、ワタルが七歳の夏休みだった。

自由研究の工作課題で、その夏おとずれた平泉・中尊寺の金色堂の模型を作るために、リビングルームの床いっぱいに材料を広げ、親子で長い午後を過ごしたのだ。銅板を組み立て、細密な壁画の写真をコピーして貼り、釣鐘のミニチュアを針金で吊り下げる。金色堂を輝かせるのが、知恵のしぼりどころだった。
担任の先生にほめられようという母親の思惑など、子どもはまるで頓着しない。いつも仕事で留守がちの母が、終日いっしょにいることを無邪気に喜んでいた。
外では、蟬が降るように鳴いていた。
幼い子をもった親なら、だれもが一度は、あんな夏の日を経験したことがあるだろう。あれからあの子は大人になって、二十七歳のある日突然、逝ってしまった。
けれどときおり、あの子はやってくる。
——ぼくはいるよ。いつでもいるよ。
満面の笑みをたたえてやってきては、うつむく母の顔を上げさせる。

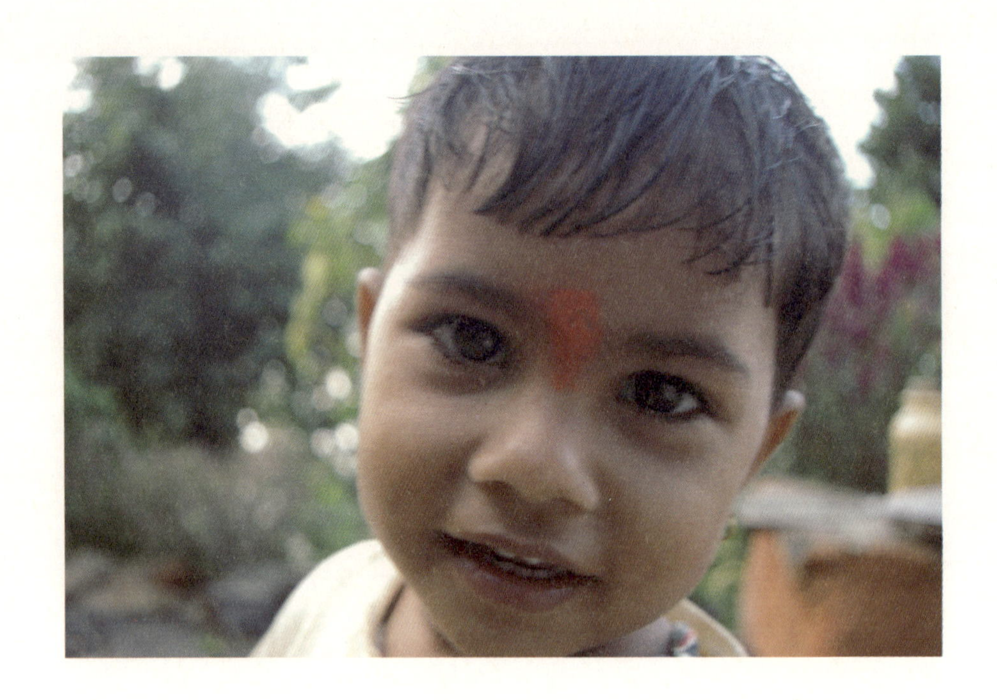

4 声

だれの声だろう。
　奥の座敷のほうから、澄んだボーイソプラノがきこえてくる。あの歌には聞きおぼえがある。無心なその声の響きのむこうで、川の流れのような音もするが、あれは水音ではなくて、銅鑼の音のようにも、人のからだの鼓動のようにもきこえる。深まっていく夜と水の間に、ぴったり閉じこめられて轟く清冽な何かにちがいない。
　一節終わるごとにまわりで拍手をしたり、歓声をあげてほめたりするものだから、幼い声の主は何度でもおなじ歌を繰りかえしては、得意になっている。
　そこにはたぶんご馳走が並べられ、大勢の人たちがにぎやかに集まっているのだろう。打楽器に似たリズムが、いつしか祭り囃子の音色に変わって、遠く近くに鳴りだす。

西日が当たる畳の上で、わたしはふいにうたた寝から覚めた。夢できいた声の主はワタルではなかった。そう、ワタルではなかったはずだ。それなのに、ひらいたわたしの目にはいっぱいの涙がにじんでいた。

学校にあがったころから、思春期がきて声が変わり、就職して家を出ていくまでずっと、彼は机の前で、ベッドの上で、よく歌っていた。

空気の澄んだ夜には、その歌声が部屋の外まで響いた。わたしはコツコツとドアを叩き、「もう少し静かに」と注意する。すると「はいよ」と答えるのだが、何やらぶつぶつ言っていたかと思うと、しだいにまた高潮していく歌声の、のびのびと気持ちよさそうなこと限りない。

まあちったか　ちったかかた　こうしんだ
まあちったか　ちったかかた　こうしんだ

「マーチングマーチ」の時代が終わると、今度は一足飛びに、ザ・イエローモンキーの「球根」や「ジャム」なんかに熱中していた。

広島から尾道へ向かう夜のバスのことを、書いてみたいと思う。
大学生になったばかりのワタルと出かけた旅だった。わたしたちは原爆ドームと平和記念資料館を訪れたあと、尾道の町をめざした。
真っ暗な曲がりくねった山道を、バスが古びた車体を揺らして走っていく。乗客は二人きり。それを思い出すたび、わたしにはなぜか、長いフィルムのひとコマが、木立の間を見え隠れしながら、闇夜を縫ってすすむ光景がうかんでくる。青白い車内灯に照らしだされたその箱は、まるで時間の破片のようだ。
町に着いた翌朝、千光寺公園の頂上へ行くため、民家の屋根すれすれのところを低くかすめて登っていく短いロープウェイに乗った。見おろす黒い瓦屋根のおびただしい重なりのなかに、一軒の廃屋が目に入る。ぽっかり空いた大きな穴をむき出しにしたその屋根が、みるみる遠のいたかと思うと、はるかな九月の海と、縞なす町並みのパノラマに溶けて消えていく。青い万華鏡さながらに。
時はどこにでもすばやく現れる。
駅前の閑散としたシャッター通りを抜け、岸壁に漁船の停泊する尾道水道沿いの居酒屋で、夕食をとった。瀬戸内の魚の骨酒を注文し、二十歳前のワタルも特別に呑んでいいことにした。
しんとした晩だった。時は少しも流れない。

5　神輿

二〇一二年十二月三日の未明、山梨県警から電話が入った。
「昨日、中央自動車道の笹子トンネルで崩落事故があり、息子さんがそれに遭われたようです」
受話器を即座に夫に渡すと、わたしは数回、立て続けに「ありえない」という言葉を吐いたと思う。
それからひと月あまりのことは、断片的にしかおぼえていない。
甲府行きの中央本線の車窓から、枝に奇妙な白い花をつけた木々がうしろへ流れていくのを見た。塩山という駅に降りたち、その町の警察署に収容されているワタルを引き取りにいった。
しかし、からだなど、なかった。

署内のどこかに置かれているという棺にわたしは近づかず、付き添いの女性警官と車の中に黙ったまま座っていた。
焼き場へ向かう車の窓から、またあの白い花が見えた。
同乗した若い男の警察官に木を指さして、あれは何かとたずねると、
「収穫あとの桃の木です」
と言う。花に見えたのは、桃の実にかぶせていた紙で、それが片づけられずに枝にぶら下がったまま、わたしの目に異様な風景となって映ったのだ。
「春にはあの桃畑が一面ピンクに染まり、きれいです」
警察官の言葉に相槌を打ちながらも、自分はそれを見にくることなど永遠にないだろう、と思った。
なぜなら、いま目前で起きていることは、すべて現実のことではないから。
その日わたしは、膝の上に骨壺をひとつ、のせられただけだから。

十二月二日・午前八時三分頃、中央道上り線の笹子トンネル内で起きた事故は、全長一四〇メートルにわたってコンクリートの天井板が落下し、走行中の三台の車が下敷きとなって、九名の犠牲者を出した。

ワタルは、おなじシェアハウスの友だちと一緒に、富士を望む温泉から日の出を見ようと、前日の夜からワゴン車に乗って出かけたのだ。

トンネルの天井にいったい何が起こったのか。国交省の調査委員会は、天井を吊り下げるアンカーボルトの設計施工の不良と劣化、そして点検の不備を挙げた。

それなら、高速道路を管理していた会社は、どんな点検をしていたのか。

子どもの父母たちから不信の声があがるのに、時間はかからなかった。父親たちは事故の真の原因究明と再発防止を訴え、一方、母親たちは何をどうしてよいのかわからないまま、翌年の五月、会社を相手に損害賠償請求の民事訴訟を起こすにいたった。

いつだったか、分厚い裁判資料のなかに、双眼鏡のイラストが大きく挿入されたページを見つけた。バードウォッチングに使うような普通の双眼鏡だ。

それは、事故三か月前に行われたアンカーボルトの点検で、当初予定されていた足場を組んでハンマーで叩く打音検査の代わりに、五メートルの距離から双眼鏡でボルトの緩みや損傷を確認する方法に変更したことを叙述する書類だった。双眼鏡で見ても、直接に目視したのと効果は変わらないのだと、のちに会社側は証言する。

公判を控えた集まりのたびに、母たちは一連のこの日々が何かのまちがいではないかと訝しんだ。だれひとりとして、わが子のからだに触れた者はいない。突然、空に裂け目ができて、あの子らはその向こう側へ消えてしまったみたいだ。

みなで額を寄せ、体を寄せあうようにして、時間を過ごした。そうするよりほかにすべがなかった。

　東神田にあるシェアアウスは縦長のビルで、一フロア四室が六階まであり、ほかに共有のキッチンとリビング、屋上がある。住人たちはその共有スペースをフルに活かし、帰宅後の夜の時間や休日には、音楽を楽しみ、思い思いの手作り料理を出しあったりして、癒しの空間をつくっていたようだ。

　ワタルの部屋は五階の神田川側にあったが、ビルが川すれすれに沿って建っているので、窓から下がもう川面だ。対岸のビルの狭間に一軒、木造家屋が簾を下げ、そこだけが江戸の昔のままかと見まごうほどの古い佇まいをみせていた。

　シェアハウスの若者たちは、近隣の商店街の人々と馴染みになって、新春の餅つき大会やスキー旅行に参加していた。なかでも大きなイベントは二年に一度の奇数年・五月に行われる神田祭だ。東日本大震災のため中止になった二〇一一年は震災復興祈願神輿渡御が十月三十日に催され、彼らも東神田三丁目の若衆に仲間入りして、神輿を担がせてもらったのだ。

「神田祭の神輿を担ぐって、どんなすごいことかわかる?!」

　ひさびさに自宅へ帰ったワタルが、興奮して話していたのを思い出す。貸してもらった町名入りの半纏姿で神輿を担いでいる彼の写真があるが、はちきれんばかりの喜びで顔をくちゃくちゃにしている。

　ユリさんも、ヨウヘイくんも、レイさんも、シゲユキくんも、清々しい晴れ姿で、その表情には一片の影もない。つぎの神田祭には、自分の名前が染めぬかれた半纏を新調して祭りにのぞむ。それが彼らの目標だった。

この日から十一か月後、五人は事故に遭うことになる。

二〇一三年五月の神田祭・宮入の日。父母たちは、神田明神をめざす東神田三丁目の神輿の巡行に加わった。二百基に近い神輿がつぎつぎと宮入していく神社前の大通りは、壮麗な光景だ。

提訴を三日後に控えた、日曜の午後だった。

わたしはここで何をしてるんだ。休み休みついてきた練り歩きだったが、冷たい汗がふき出し、身体の節々が痛い。

これからわたしたちは、長い道のりを、裁判という神輿を担いでいくのだ。

6　百済観音

半年を過ぎたころ、睡眠に異変が起きはじめた。
夜中に一時間ごと目覚め、朝をむかえる。通りを走る車の音、人の咳払いや靴音、午前八時に集団登校する小学生たちの声。物音の一つ一つが準備され、仕掛けられ、耳元で鳴っている。
ワタルがどこにいるのか、それを考えなくていいように、わたしは頭のなかをほかのことで満杯にさせた。
向かいの家の軒下のわずかな隙間からシャボン玉がふきあがり、宙に舞う。深夜にサイレンもなく、何台もの消防車が道に結集する。そうした出来事がなぜ起こっているのか、いつまでも堂々巡りに考えて過ごしたりした。
月を追うごとにうずたかく積み上げられていく裁判の資料に、目を通すことができなくなった。公判も欠席が続いた。ある公判の日の朝、わたしは一人で家を出て、横浜地裁へ向かおうとした。日本大通の人気のない道をぐるぐると歩きまわり、やがて立ち往生となる。地裁の建物は、すぐ近くに聳えていた。

夫が決意して、わたしをクリニックに連れていく。心療内科通院の始まりだ。

年が明けてまもなくのこと、医者が小さな紙きれを夫に渡した。その手からすばやく紙を奪いとると、そこには県下の精神医療センターの名前が書かれていた。わたしが処方薬を拒むために、治療ができない。紹介状が添えられて、つぎはこちらの病院を受診してください、というわけだ。

春の入院が決まるまでに、大雪が二度降った。その雪が溶けたあと、小さな桜の花びらが風に運ばれてくるのを窓越しに眺める。真昼の中天に月がかかっている。

外出はおろか、もうベランダにさえ出られなくなっていた。

往きかう人影がたえまなく映っていた病室のガラスドアに、ある日突然、幾何学模様のようなものが浮きあがり、規則的に動きだす。するとそのなかに、会ったことのない祖父らしき人の顔が現れた。

抗うつ剤の投薬のあとの、あれは幻覚だったのだろうか。寝床ぜんたいが揺れているようだった。

祖父は、戦争に召集される前に行ったことのある湖畔の宿のこと、好きだった食べ物のことなどを話しはじめる。それから家族のエピソードをいくつか語ったあと、知るはずもないひ孫にふれて、こう言った。

「あの子はね、おまえたちを喜ばせるために、生まれてきたんだよ」

その顔が微笑んだ。曇りガラスの模様は動き止まず、祖父はとめどなく喋りつづけていた。

それから何日かの間、わたしは河床に横たわる樹のように、目覚めたり眠ったりしながら、斜めに傾ごうとする地層に抗い、かすかなバランスを探っていた。一晩じゅう薮に満ちる不思議な気配に浸されて、わたしの背中が少しずつ、明るいもののほうへ溶けこんでいくのがわかった。

故知らず、何かに守られていた。

空が白みはじめると、苦しい夢と幻はだんだん影をひそめていった。

吉祥寺の生家の廊下の壁に、一枚の仏像写真が長いこと掛けてあったのを思い出す。雑誌の切り抜きを、父が無造作に額に挟みこんだもので、斜め横から撮られた像の全身が、黒の背景に浮かびあがっている。

二階から降りるとき、ほの暗い階段下にそれがぬっと現れると、いつも一瞬目をすいよせられた。幼児のわたしは、泣きだしたいような気持ちになった。

「百済観音」と知ったのは、のちに中学の修学旅行で法隆寺を訪れたときである。宝冠から爪先の蓮台まで二メートル以上もあるひょろ長い胴体と、塗りの剝がれた下ぶくれの顔。今にもそのままどこかへ歩いていってしまいそうな、やはり気味のわるい仏像だと思った。

金堂の片隅で埃をかぶって置かれていた百済観音が、大宝蔵殿という建物へ移されたのが昭和十六年だというから、当時のわたしが見たのもまちがいなく、大宝蔵殿の明るい一室のガラスケースに入ったものだったはずだ。だが、わたしの記憶はちがう。黒い闇を背景に立っている。そのために、この像のめざしている何かがかすかにあぶり出されてくるように思えるのだ。

人間の外の殼がぜんぶ燃えとけてしまい、最後に現れるむきだしの魂のようなものを曳いて、「そのひと」はあれからずっと、遠い夜のなかを歩きつづけている。

身体は〈魂の牢獄〉だと言ったのはプラトンだ。
そして、その思想をつぐプロティノスは、生命のはじまりを〈魂の身体への落下〉とか、〈魂の転落〉という言葉であらわした。
イデアの世界にさまようその魂が、自分を反映してくれる身体を見つけると、まるで鏡の前に立ったかのごとく引きつけられ、落ちてゆく。このとき身体のほうも、自分を満たし、生命を与えてくれるそれに向かって上昇し、近づいてゆくのだそうだ。
それなら、いったん身体をなくしてしまったわが子の魂も、いつかまたどこかで、この母の身体を探しあててくれるかもしれない。この母を呼んで、手招いてくれるかもしれない。
どんな母たちも、そう考えるだろう。
わが子が迷ってしまわないように、なにか大きな綺麗な旗を、わたしたちはかならず振りつづけよう。

7　I'VE SEEN IT ALL

アイスランドの歌手ビョークのCDのうち、『セルマソングス』はおそらくワタルが自分の小遣いで買った最初の一枚だ。映画『ダンサー・イン・ザ・ダーク』のなかでビョーク演じる盲目のセルマが歌う、つぎの曲が収録されている。

I'VE SEEN IT ALL

すべてが見えたの　ヤナギの木と　平和な世界が初めて見えた
友人が一番の親友に殺されるのを見た
人生の途中で命を失った

自分がどんな人間かわかったし
どんな人間になっていくのかもわかってる
すべてが見えたから　もうこれ以上見るものは何もない

象や王様、ペルーは見てないでしょ！
見てれば良かったね
中国はどう？　万里の長城の壁は見たことある？
どんな壁もすごいよ　崩れ落ちさえしなければ

（中略）

すべてが見えた　暗闇だった　一筋のちいさな閃光が見えた
何を選ぶのか何が必要なのかわかってきた
それだけで充分だから　もっと欲しがるのは欲張り
自分がどんな人間かわかったし
どんな人間になっていくのかもわかってる
すべてが見えたから　もうこれ以上見るものは何もない

（後略）

『ＳＥＬＭＡＳＯＮＧＳ』（東芝ＥＭＩ）

昭和女子大・人見記念講堂ホールで行われたビョークのライブに、当時十七歳だったワタルは出かけている。駝鳥をかたどる真紅のドレスをまとい、裸足でうたったビョークのこの歌が鳥肌モノだった、と言っていた。

この世の中に、夭折する者たちの見分け方などあるわけはない。けれどももし仮にあるとしたら、ビョークが独自のインスピレーションで紡ぎだしたような、こんな景色を見る者たちなのではないかと、いま感じている。

彼らは一見ふつうで、元気で、友愛にあふれた眼差しをしている。いつかその身に重大な出来事が起こることなど、微塵も考えてはいない。

——ぼくたちはもうぜんぶわかってる。

そんなすずやかな気配をわれ知らず見せるときがあっても、よほど注意深くしていなければ、周囲がそれを察知することはできないだろう。

そうして、出来事は起こるのだ。

まるで引き寄せられるかのように正確に。日没が近づくと、大木の枝にざわざわと鳥たちの群れが集まって、旋回をはじめる。あんなふうに彼らは無言の合図を交わして、つぎの世界へと出発するのではないか。

シェアハウスでひとつ屋根の下に暮らした若者たちは、輝きの笑顔で二年に満たない短い日々を過ごした。きょうだいのいないワタルはみなにやさしくしてもらった。ひたすらに心を合わせて生きていた様子が、ハウスに残されたアルバムから伝わってくるのだ。

人見記念講堂ライブのチケットの半券がここに残っている。その日付けを見て、わたしはしばし呆然とした。二〇〇二年十二月二日——それからぴたりと十年後の二〇一二年十二月二日の朝、ワタルは仲間とともに旅立ったのだ。

ビョークが歌う暗闇のなかの〈一筋のちいさな閃光〉とは、彼方の世界へのとば口を知らせる光なのだと、わたしは秘かに信じている。

8　火喰い師

結婚する前から携わっていた校閲の仕事を、三十年以上つづけてきた。出産のとき少し休んでから復帰して、「仕事しながら子育てもした」という感じだ。

はしかに罹って顔じゅうブツブツになり、夜中に眠らない赤ん坊の息子を壁にもたせかけ、仕事納めの日を目前にがんばったこともある。ふだんは、レゴや電車のおもちゃで何時間でも機嫌よく遊ぶから、仕事ができた。

ゲラ刷りの積まれた机の前にすわる母親の背中が、成長して学校から帰った息子の目にする日常の光景だったはずだ。

出版社から、めずらしく児童文学の本をあずかったことがある。

タイトルは『火を喰う者たち』（デイヴィッド・アーモンド著・河出書房新社刊）。読みごたえのある作品だった。それまで仕事で読んだ数多の小説のうち、「五本の指に入るものだよ」と得意げに言って、わたしは刊行された本を息子に渡した。奥付には二〇〇五年刊とあるから、彼が十五歳のときだ。

それが彼のフェイスブックで「マイ・ベストブック10」のなかに挙げられていたのを、最近知った。日付は二〇一二年十一月十二日。彼が最後に、金沢文庫の家に帰った日だ。

〈久々実家帰って本棚眺めてたら懐かしくなった。ここにあげたのは十代とかで読んで影響受けた十冊です〉

とコメントしている。

それは、わたしにとって思いがけない「贈り物」だった。

仕事と育児の両輪時代を、忙しさにかまけていなかったか、あの子は寂しくなかったろうか、と繰りかえし反芻していた自分の想いが、少しだけ晴れた気がしたのだった。

『火を喰う者たち』は、イギリスの寂れた海辺の村キーリーベイを舞台にはじまる。時は一九六二年秋、キューバ危機のさなか。テレビでは核ミサイル発射の仮想映像が流れている。

もうすぐ中学生になる少年ボビーはある日、母と出かけたニューキャッスルの町の広場で、気のふれた大道芸人マクナルティーを見る。彼はビルマでの悲惨な戦争体験から狂人になってしまった。頬を串刺し、火を喰らい、〈金を払え！　見たけりゃ金を払え！〉と観衆を恫喝する姿に、ボビーは衝撃を受ける。

異形の者に出くわしたとき、名状しがたい感覚に打たれて立ちつくすのは、いつの時代も多感な思春期の子どもたちだ。わたし自身もかつてそういう経験をしたことがある。この本のなかでは家族や友だちに囲まれた少年のちいさな日常と、火喰い師マクナルティーとの出会いが、ただそれだけではなく、世界の破滅への不安と重なりあい、響きあうように描かれている。そのみずみずしいイマジネーションに驚く。

ボビーは、その男が川岸に立って炎に息を吹く夢をみる。炎はあたり一面をなめつくし、川沿いの市場や倉庫を包みこんで燃えさかる。人々が逃げまどい、炎の川は轟音をたてて海へ流れる。

ボビーは叫ぶ。「吸いこんでマクナルティー！　息を吸って」。そのとたん、炎がぴたりと止まり、みるみる後退していく。川岸へ、そしてマクナルティーの喉の奥へ。目が覚めれば、いつもの平穏な夜だった。灯台の光がボビーの部屋の中を巡っていく。潮だまりが、まるでガラスの破片のように海岸に散らばっている。

……（略）再び部屋に忍びこんできた灯台の光を浴びながら、ぼくは目を閉じた。祈ろうとしても、何に祈ればいいのかわからなくて、ただ小さな子どもみたいに祈りの言葉をつぶやいた。

「ぼくたちをお守りください。恐ろしい出来事を起こさせないでください」

ぼくは目を開けた。空はどこまでも果てしなく、途方もない空しさと静けさに満ちている。

キーリーベイの岬は、ボビーたちの格好の遊び場だった。引き潮の浜に漂着物の長い行列ができると、そこから宝物を拾い集める。

貝殻、ヒトデ、ビン、タイヤ、カニの甲羅、カツオドリの死骸……。

砂丘のボロ小屋に、いつしかマクナルティーが住みつくようになる。夕暮れにたきぎをくべ、赤々と燃えあがる松明。少年たちは、草むらの陰から固唾をのんでそれを見守る。

小屋に食べ物を運ぶ少年たちと、マクナルティーとの、不穏な会話がある。

「世界が燃えている！」
「ただの夕焼けだよ」
「じゃあ、あの嘆きや叫びはいったいなんだ？」
「ただの海の音だよ」

「シェルターを掘れ！」マクナルティーが叫んだ。まるで世界中に呼びかけるかのように。
「死者の暮らす場所まで掘り下げろ！　土の中に身を隠せ。世界は炎に包まれている！　空が燃えている！　もはや夜はない！」

手負いの獣のように吠える男の声を背に、少年たちはいっせいに逃げ出すのだった。
マクナルティーの描写は圧倒的だが、この物語でもう一つ胸に迫るのは、ボビーが枕辺で唱える祈りの言葉だ。
核戦争の予感も、学校での体罰も、不思議な男との出会いも、少年にはみなおなじ重さの出来事だった。何のとりえもない海辺の村、広大な宇宙に浮かぶ地球のちっぽけな片隅。そこで生きるものの名前を、ボビーは片っ端からあげていく。巻貝、イソギンチャク、クラゲ、石炭のかけら、砂のひと粒ひと粒、マツ林、灯台、キツネ、アナグマ、クサリヘビ、ミツバチ、カラス、ヒバリ、カモメ、サンザシ、ヒイラギ、トマト、ラズベリー、母さん、父さん、友だち、先生、マクナルティー……。

これらのものを救ってください、とボビーは唱える。

そして最後に、こう祈るのだ。

「神さま、どうかぼくをみもとに召してください。もしどうしてもだれかを召さなくてはならないとしたら、このぼくを」

子どものころに、もしかしたらわたしも似たようなことを祈ったかもしれない。核戦争ではなく、たとえば両親のいさかいや学校の心配事、身のまわりの些細な出来事におびえた夜に。人はみなおぼえがあるのではないか。きっと、ワタルにも。

ソ連がキューバに核ミサイルを配備し、世界が緊迫に包まれた「キューバ危機」の日、ボビーはみんなと浜辺に集まり、たき火を焚いて不安な夜を明かす。砂丘に立つマクナルティーが、まるでみんなに挨拶でもするかのように、松明の火をかかげ、天にむかって火柱を吹く術を見せる。そして、もう一度大きく炎を吸いこむと、それきり息絶えるのだ。
浜辺に、静かな朝が訪れた。
フルシチョフもケネディも、核ミサイルの発射ボタンを押すことはなかった。地球が毒にまみれた黒焦げの球と化すこともなかった。
ボビーは小さな声で、マクナルティーの亡骸に「許して」とささやく。

ぼくは、自分がマクナルティーの体を切り開き、体の内側を、その中に広がる静寂と沈黙を、謎に包まれた命の行方を見つめるところを思い描いた。

この本をいま一度読みかえしてみて、ふと思った。ボビーとおなじ少年のころ、ワタルは何を祈っただろうか。十五歳の彼と、わたしは話してみたかった。
火喰い師マクナルティーの〈火〉が暗示するものは何か。世界に渦巻く人間の欲望や罪業――それを呑みこんで息絶えるマクナルティーとは、いったいだれなのか。
叶うことなら、いま大人になった彼とも話してみたい。

banque populaire
Le Grand

9　一度でも生きた覚えのあるものなら

その日、横浜地裁の法廷で、つぎつぎと証言台に立つ人たちの横顔を見つめていた。

提訴から二年、裁判は高速道路を管理していた会社役員に対する民事訴訟の本人尋問を最後に、ようやく結審の日をむかえようとしていた。

宣誓をして前を見すえる一人の男性に、裁判官が尋ねる。

「造られて三十五年以上が経つトンネルについて、あなたはそれが老朽化した建造物だという認識はなかったのですか？」

男性は、答える。

「要綱に則した点検をしていたと聞いております。そういう建造物については、老朽化という認識は持っておりません」

裁判官が、小さなため息をもらしたように感じられた。たたみかけるように、質問はつづく。
「それでは、あなたにとっての老朽化という概念は、どのようなものですか?」
少し言葉に詰まったあと、彼は抑揚のない調子でふたたび同じ答えを繰りかえす。
「要綱に則した点検をしていましたから……」
証言台の人間が入れ替わり、全員がオウム返しのように似た答弁をした。
トンネルの天井板を支えるアンカーボルトの打音検査をせずに、点検を簡略化したのはなぜか? 経費を節減しようとしたからではないのか? すべての質問に、「知りません」「わかりません」「把握しておりません」と。
尋問は大詰めをむかえていた。原告側の弁護士が立ち上がり、しばらくつづいた質疑応答の締めくくりは、つぎのようなものだった。
「それでは、点検はちゃんとしていたけれど、事故は起きてしまった、ということですか?」
「はい、その通りです」
事故当時、会社の社長だった人が、淡々と声を発した。

二〇一五年十二月二十二日、笹子トンネル天井板崩落事故の民事訴訟判決が下りた。中央自動車道を管理していた会社に対し、原告である遺族への損害賠償を命じる旨の言い渡しとともに、会社の管理・点検の過失が指摘されたのである。

点検をちゃんとしていたら、トンネルの天井が落ちるはずはない。当たり前のことが当たり前に、そう認められただけのことだった。が、そこには幾重にも立ち塞がる得体の知れない壁が日本の社会の仕組みのなかにあって、その一枚がようやくはずれたのだと、わたしたちは思いたい。

事故後、全国津々浦々の市町村が管理するトンネルや橋、鉄橋や水門までがいっせいに見直されると、造ってから四、五十年、一度も点検していなかったばかりか、マニュアルさえないものが数多くあった。国が「最後の警告——今すぐ本格的なメンテナンスに舵を切れ」と題した提言を発表した。

二年前の提訴の際、新聞には「五人の死、社会変えた」という大きな見出しが躍った。経済の高度成長期にあとからあとから造っていった道路、トンネル、橋などが、このままだと危ない。その時代にはまだ産声もあげていなかった彼らが、みずからの命に代えて、大切なことを教えてくれた。

——人間のつくったものは、いつか壊れるよ。

44

南米ウルグアイ生まれの詩人、J・シュペルヴィエルにつぎのような詩がある。
もうだいぶ前のこと、大学ノートに気に入った詩ばかりを書きうつしていたときがあって、そのうちの一篇だった。

息吹き

地球の軌道の中で
この惑星が　もはや遠く
稀薄な夢にとりまかれた
ちっぽけな球体でしかなくなるとき

うっかりした鳥が何羽か
あとへとり残されて
自分のねぐらに帰ろうと
せわしく羽ばたくとき

目に見えない弦が
弾いてくれた手のことを思い出して
人間の航跡をすぐに感じ取る
エーテルの中でふるえるときに

見えるのだ　虚空に浮かぶ死者たちが
空中で寄り集まって
地球の進み具合を　あれこれと
声をひそめて論じ合うのが

一度でも生きた覚えのあるものなら
死ぬことに同意するものは一つもない
ほんのかすかな溜息でさえ
なお溜息をつくことを夢みる

かつて地上にあった一本の草が
あくまで伸びようと無駄骨を折り

どうしてもうまくできないので
露のなごりを涙とこぼす

川という川の影たち
あきらめきれない急流の影たちが
なおも忠実な水を流す気で
死者たちの生きた姿を映そうとする

非現実に夢中になった魂が
夜あけとそよ風にたわむれながら
天空の動きの中に
さくらんぼを摘もうとする

（詩集『万有引力』・安藤元雄訳）

シュペルヴィエルの詩に登場する死者たちは、ユーモラスで、どことなく牧歌的だ。それは、詩人の故郷であるウルグアイの空気や風物が、作品に色濃く反映しているからだろう。

詩人は、すべての自然と人間に、等価の生の輝きを見ている。

草原に生える一本の草も、淀みなく流れる川の水も、かすかな溜息でさえかつて、

〈一度でも生きた覚えのあるものなら／死ぬことに同意するものは一つもない〉

という。こんなフレーズがせつなく心に響く。

〈空中で寄り集まって／地球の進み具合を　あれこれと／声をひそめて論じ合う〉

のはどんなものたちだろう。

〈天空の動きの中に／さくらんぼを摘もうとする〉

のはだれの手だろう。

シェアアウスの五人の若者たちの笑顔が、唐突に目にうかぶ。

彼らは憂いをすっぽりと隠している。

凍てついた盆地にもうすぐ春がきて、満開の桃畑のあいだに純白のスモモの花が光るのを待ちわびている。雲のソファーにふわりと寝ころび、食いしん坊のためにハウスのキッチンを覗き見する。

彼らはいつも、すぐそばにいてくれる気がする。そしてきっと、こんなふうにつぶ

やいているにちがいない。

——ぼくらの名前をいままでどおり、明るい声音で呼んでください。眉などひそめず、涙もいらない。どうか少しの暗い影もまじえずに、ぼくらのことを話してくださ い。

10　紫の空

四年前のあの日のことが、つねにわたしの記憶に蘇る。輪郭の曖昧な、夢のつづきのようだった時間の流れのなかに、ただ一つしるしを刻まれた日だからだ。

五階の窓から神田川を見下ろすと、三月の日差しが川面に紗をかけたように降りそそいでいた。夕方には、手配した小型トラックが到着する予定だ。主のいなくなったシェアハウスの部屋になかなか入ることができず、そこを引き払うまでに、夫とわたしには事故から三か月余りの月日が必要だったのだ。

ワンルームにはガスコンロもなく、蔵前の古道具屋で見つけたというミシン台に愛用のマッキントッシュがのっていて、その手前に小さな木箱が置かれている。家具と呼べるものはほかになく、マットレスや洋服が雑然とごったがえして、足の踏み場もない。

十二月の夜、置きざりにされた部屋は、そのまま時間が止まっていた。

そのとき、かすかな違和感とともに、わたしのなかに微弱な電流のながれるような感じがした。最初、なぜかわからなかったが、すぐにそれが右手の小さな木箱のところからきているのだと気づいた。

木箱の上には、ポツンと立てかけられた一冊の本があった。

ジョアン・スファール作『星の王子さま』(サン＝テグジュペリ原作)。それは池澤夏樹の訳下ろしによるフランスのコミックで、表紙には原作でお馴染みの絵とはまったくちがう少年の姿が描かれている。

自宅の彼の本棚には内藤濯・訳の岩波版『星の王子さま』がいまも並んでいるが、もとはわたしの持ち物で、ずっと昔に読んだきり、彼にあげてしまった本だ。池澤夏樹の訳はシンプルで、ワタルにはこちらのほうが好みだったかもしれない。コミックの絵もきっと気に入ったのだろう。けれど、あの部屋でわたしをふいに襲ったものは、そういう感慨とはべつの何かだった。

円盤みたいに大きな緑色の瞳をした子が、マフラーをなびかせて、窓の光のほうをじっと見ていた。雑多なものが散らばる床から、細い紐で境界線を張ったように、周囲の空気を払って、そこだけが静寂で満たされていた。

――もう、取り返しがつかないね。

何かをなおざりにしてしまった悲しみ。この胸をつぶそうとする痛み。

それに向かって、

――大丈夫だよ、大丈夫。

緑色の瞳が、そう言ってきた。

小さな自分の星から宇宙の遍歴をスタートした王子さまが、七番目に着いたのが地球だった。
王子さまは、この星がとても大きいことに驚く。なにしろ小さな自分の星では、椅子を何歩か運ぶだけで、すぐに夕日が見られたのだから。王子さまは一日に四十四回、夕日を見たこともあった。
この「夕日」は原文では crépuscule で、真っ赤な夕焼け空というよりは、淡く澄みわたった「薄暮」のイメージに近いらしい。砂と空とがひとつにつながった、すみれ色の景色が瞼にうかぶ。
飛行士だったサン゠テグジュペリ自身も、サハラ砂漠の中継基地に赴任したとき、いつもそれを見ていたことだろう。そこは目前に大西洋を見おろす位置にあったから海に沈む夕日が同時に、砂と空とを照らしだす。満潮時になると、海鳴りが砂漠をひたす。
いったん地上を離れた飛行士の眼は、つぎは、ほとんどが海と岩石と砂原に覆われた地球のほんの一部に、わずかにしがみつくように点在する緑をとらえる。
そして、人間の営みがそこにあることを、奇蹟のように感じるのだ。
二〇一〇年秋、ワタルがネパールへ旅行し、マイディという村の家庭にホームステイをしたときの話を、聞かせてくれたことがある。
そこは、下の町から四時間ほど歩いて登る山上の家だった。末っ子の坊やが、日本から持っていったシャボン玉に大喜びして、一緒に遊んでやると朝から晩までくっついて離れなかったという。
夕暮れには、近くの親戚家族がぞろぞろ集まり、深夜まで歌って踊ってともに過ごす。雲海を真下に望むその村の空にも、やはり澄んだ夕日が照り映えていたことだろう。朝早く出発して下の町まで降りた日は、孤児院を訪ね、子どもたち相手にシャボン玉を吹きまくった、と言っていた。
人と交わる彼のエネルギータンクの容量が、わたしたち両親と根っからちがうのに驚きあきれたものだった。内気だった子どもの時分には隠されていた、それは眠れる大きなタンクだった。
思えば、とるに足らない些細なことで、ずいぶんあなたに小言をいった。しかたのない母だったね。
そう、人を愛する力にかけては、あなたに遠くおよばない。

幸福をもし空の色にたとえて表現するとしたら、わたしは迷うことなく紫色をあげる。紺碧の空はそのあまりの青さがこわいし、雨もよいのブルーグレーの空は美しいが、幸福の色とはちがう。

紫の空は、なかなか暮れていかない。

太陽がゆらゆらと沈むにしたがって、光が草木の先端をかすめはじめると、空ぜんたいが引き潮のように流れ、今まで隠れていたものをあらわにするのだ。

木蔦にからみつく微光。遠い日に歩いた細い抜け道や突堤。水底の石。暗礁のようにわたしの内部にわだかまっていた悲しみまでも——。

退院を間近にしたあの病室の窓辺にも、紫の空は流れていた。

わたしは、それを見ていた。

先に逝った者たちと、いっしょに見ていた。

そして、とうに気づいていた。奪われたものと、与えられたものとは、おそらくただ一つのおなじものなのだということを。

2
2

「月の砂漠」という童謡を、どこではじめて聞いたかと問われると、幼い日の寝床の中ではないかと答える。歌ってきかせた者が、だれかはわからない。

だが今も、布団を頭からすっぽりかぶり、両足の指で白いシーツを挟んで帆をはるように持ちあげると、そこにはあっというまに茫漠とした砂漠がひろがる。

皓々とした月光に照らされ、静まりかえった空間を砂塵もたてずに進んでいく二頭の駱駝は、いつのまにか長い隊列に変わっている。あの日からえんえんと続いていたものが、ふいに映像を結んで立ちあらわれてきたような懐かしさだ。

積み荷や駱駝の数を、かぞえることはできない。線にまでそぎ落とされた隊列が、ただ一つの方向へむかって行くだけだ。

すると、わたしもそのあとを追うように、しだいに意識の深みに入っていく。

わたしは、何かを思い出そうとしている。脳裡の奥深く埋もれている何かを、いっしんに探りだそうとしている。

ひと夜、ふたたび出現した砂漠の空には、ひときわ大きな月がかかっていた。巨大な蟹足のように、光の筋を伸ばす月だ。

眸の焦点を絞ったり、緩めたりするのにつれて、光の足がにょきにょきと膨張し、サーチライトのように夜空をなめる。それがわたしの網膜から発せられたものなのか、あらかじめ空にあったものなのか、わからない。

気がつけば、隊列の姿は地上のどこにもなかった。地図の底にひっそりと畳まれた空白地帯に、それは消えてしまったように思われた。

記憶がけっして到達することのない彼方へ。

もう、何も思い出さなくていい。

世紀を越えた名作の世界で初めての公式コミック
星の王子さま
池澤夏樹
訳下ろして
堂々刊行！

あとがき

ある昼下がり、物置を整理していたら、息子が小学校の図工の時間に作ったのだろうと思われる、青いふくろうのような形をした時計が出てきた。黒とベージュと小豆色の模様のいっぷう変わった配色が、あの子らしい。

止まった二つの針がそのとき指していたのは、十二時二十分。電池は空だった。

私は思わずその文字盤を見た。穴のあくほど見つめた。リビングの掛け時計が、同じ時刻を指していたからだ。すぐに電池を入れると、青い時計はコチコチと新しい時を刻みはじめたのだった。

二〇一二年の冬、さよならも言わずにいってしまった息子が、帰ってきたのだと感じた。これからはまた一緒に歩いていこう、と伝えているのだと。

家族と。友だちのみんなと。

そんな時のなかで、彼の写真を整理し、思いつくまま文章を書いてみた。いや、書かなければならないと思ったのだ。

シェアハウスに残されたパソコンには、彼が二十代の初めから半ばにかけて撮影した旅の写真がごっそり入っていた。そのうち、ネパール・チベット・モロッコの写真を選び、ともすれば張りつめそうになる言葉に、やわらかな光と風をおくりこんでもらった。

前作の写真集『PYRAMID SONG』の陰影に比べて、抜けるような青空や土地に住む人々の笑顔の、何と明るさに輝いていることか。ネパールの山上の家に住んでいたあの末っ子の坊やは、日本から来たお兄さんのことを、いまも憶えているだろうか。

この本の出版にご尽力くださった田畑書店社主の大槻慎二さま、「読むと書く」講座で、惜しみないご指導とインスピレーションの場を与えてくださった若松英輔さま、教室の仲間の皆さまに、深い感謝を捧げます。

息子の会社の同期友人だった徳井伸哉さんからは、前作に続き、すてきな装幀を提供していただいた。同じく友人の平根なつこさんも、つねに変わらぬサポートをしてくださった。この場を借りて、厚く御礼申し上げます。

病いの日々にわたしを支えてくださった病院の先生と看護師の皆さま。夫と家族と友だち。ありがとうございました。

ことに、詩人の伴侶（故人）をもつ叔母が、出版のご縁をとりもってくれた。今は亡き祖父母や父、叔父たちからの見えない助力も感じている。

息子と出会い、楽しいひとときを分かち合ってくれたたくさんの友だちの皆さま。そして最後に、シェアハウスの石川友梨さん、小林洋平くん、松本玲さん、森重之くん。ほんとうにありがとう。

上田敦子

二〇一七年九月六日　満月の夜に

LIST OF WORKS

巡礼老婆A #94
(Tibet)

巡礼老婆B #95
(Tibet)

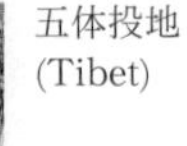
五体投地 #96
(Tibet)

ヒマラヤ #98
(Tibet)

オレンジ荷車 #102
(Morocco)

紅い花 #103
(Morocco)

昼の広場 #109
(Morocco)

ダンサー #110
(Morocco)

一番星 #111
(Morocco)

大道芸人たち #112
(Morocco)

職人A #116
(Morocco)

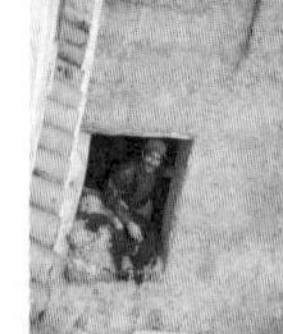

職人B #117
(Morocco)

猫と石畳 #119
(Morocco)

カタツムリ #120
(Morocco)

オレンジ屋台 #121
(Morocco)

染物工場 #122
(Morocco)

猫とタイル #127
(Morocco)

窓 #128
(Morocco)

路地 #129
(Morocco)

熱帯植物 #132
(Morocco)

要塞A #133
(Morocco)

要塞B #134
(Morocco)

羊飼いA #139
(Morocco)

羊飼いB #142
(Morocco)

羊飼いC #144
(Morocco)

駅 #147
(Morocco)

列車と花畑 #148
(Morocco)

カサブランカ #150
(Morocco)

モロカンランプ #153
(Morocco)

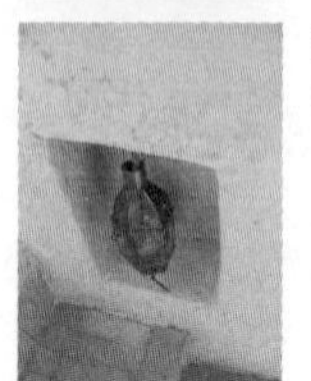
壁飾り #155
(Morocco)

モスク #157
(Morocco)

星の王子さま #158
(サンクチュアリ出版刊)

シャボン玉 #166
(Nepal)

金の鹿 #3
(Tibet)

ブランコ #13
(Nepal)

木陰 #14
(Morocco)

カーテン #17
(Morocco)

二つの仏像 #18
(Nepal)

大樹と男 #22
(Nepal)

水色服の子 #24
(Nepal)

階段 #27
(Nepal)

青い屋根 #28
(Nepal)

山上の家 #30
(Nepal)

ティーカの子 #34
(Nepal)

白山羊 #35
(Nepal)

子どもA #36
(Nepal)

子どもB #37
(Nepal)

子どもたち #38
(Nepal)

抱っこ #39
(Nepal)

雲海 #41
(Nepal)

夜の軒下 #44
(Nepal)

東屋 #46
(Nepal)

夜の広場A #49
(Morocco)

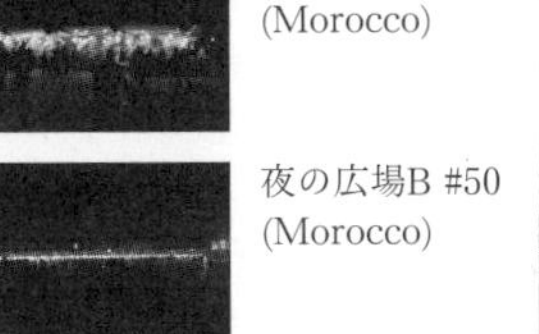

夜の広場B #50
(Morocco)

雪山 #54
(Tibet)

三輪トラック #58
(Tibet)

服の露店 #62
(Tibet)

巡礼青年 #63
(Tibet)

青不動 #65
(Tibet)

レリーフ #68
(Tibet)

塔 #69
(Tibet)

龍 #71
(Tibet)

宝石の露店 #72
(Tibet)

炎 #75
(Tibet)

糸紡ぎ #77
(Tibet)

経典 #78
(Tibet)

タルチョA #80
(Tibet)

タルチョB #82
(Tibet)

黒い牛 #86
(Tibet)

猫と絨毯 #87
(Tibet)

夜のポタラ宮 #88
(Tibet)

昼のポタラ宮 #92
(Tibet)

上田　達（うえだ わたる）
1985年、東京生まれ。慶應義塾大学文学部仏文学科卒業。在学中は第49期三田祭実行委員会・広報宣伝局長として活動する。2009年、㈱電通テック入社。2011年、千代田区東神田のシェアハウスで生活を始める。2012年12月2日、山梨県中央自動車道笹子トンネル天井板崩落事故により逝去。享年27歳。

上田敦子（うえだ あつこ）
1956年、東京生まれ。日本女子大学文学部国文学科卒業。出版社でフリーの校閲者として働く。2016年8月、上田達写真集『PYRAMID SONG　アンコール遺跡をゆく』（青山ライフ出版）を刊行。

紫の空

2017年10月10日　印刷
2017年10月15日　発行

著　者　上田達・上田敦子

発行人　大槻慎二
発行所　株式会社　田畑書店
〒102-0074　東京都千代田区九段南3-2-2　森ビル5階
tel 03-6272-5718　fax 03-3261-2263
書容設計・本文レイアウト　田畑書店デザイン室
印刷・製本　中央精版印刷株式会社

ISBN978-4-8038-0346-4　C0095
定価はカバーに表示してあります